歌集

金剛葛城山麓日誌

米田郁夫

本阿弥書店

目次

第一章　葛城の里

装画　ひがしはまね
装幀　小川邦恵

歌集　金剛葛城山麓日誌

米田　郁夫

第一章　葛城の里

かへる子生れよ

みはるかす大和三山春萌えて若からぬ身はなにを恋ほしむ

北東に畝傍の山は青かすみれんげ草咲くわが家のあたり

葛城の吐田《はんだ》の里に春耕のもこもこの土はせせらぎを聞く

子どもらは野辺に遊びてつくし摘む遠き世の風今に立たせて

風の森峠の雨は紀の国と大和の国へと分かれゆきたり

風わたる峠の祠に献《ささ》ぐるは「風の森」といふ名前の地酒

樫の葉のざらりと散り敷き春暗し予言者は棲む小さき祠に

とぶとりの飛鳥の鬼門は〈風の森〉志那都比古神《しなつひこのかみ》風を鎮めむ

若葉雨あをくけむれる畦道のもみぢの羽根実みなしづく持つ

金剛山《こんごせ》の青葉若葉に抱かるるわが早苗田にかへる子生れよ

黄色いこゑ

一番に登園の子が指さすは今年一番にひらく一輪

手をつなぎ花仰ぎゐる母と子に四月の光よやはらかく降れ

子を預け職場に急ぐ母の背に小さき手を振る昨日も今日も

保母の声聞かずに走る子どもらの顔に頭にひかる花びら

山ぎはの細き畦道保母のあと走る園児らはカルガモの列

園児らのファイトファイトがこだませり過疎などあるなこの山里に

早苗田に影を映して園児らの黄色いこゑが一列に行く

別嬪

〈右　たへま　左　かうや〉の道しるべひとり佇む夏草の中

〈つぼさか〉と道標示すその先は藪へ入り行く人生に似て

葛城の五百家《いふか》の里の道しるべ五月の雨に別嬪となる

わが村のとなりの関屋の道しるべ〈左　古んがう山〉彫る文字太し

葛おほふ一言主神社《いちごんさん》の道しるべ〈左　竹の内　たきうち〉とあり

杖つきて芭蕉あゆみき　一言主神社の参詣道をトラクター走る

山ざくら白くはるけき高野道《かうやみち》翁が一人杖つきて行く

外灯ふたつ

死にたしと君はつぶやく　点滴のしづく静かに時きざみゐる

抗がんの治療はつらいといふ君はいちご半分小皿に残す

なにゆゑに今年のもみぢかく赤し六十三で君は旅立つ

君逝きて西の峠のくらやみの外灯ふたつ灯明のごとし

君のこと偲びて点すらふそくのゆるるほのほの奥に荒魂

八朔はしあはせ色に実れども人影あらぬ君の畑よ

木のかげの紫蘭は色を深めゆきもの静かなる君を思へり

なるこゆり下向きて咲く　一人減り二人減り村は減りゆくばかり

秋津遺跡

秋津野の発掘現場ひるふかく金剛おろしの粉雪まじる

半地下の竪穴住居の住人は夏暑かりけむ冬寒かりけむ

広大な秋津遺跡の説明会鉄骨足場の回路をめぐる

葛城に王朝ありきと秋津野の建物跡の深き柱穴

秋津村縄文遺跡出土物翡翠管玉悠久浪漫

まほろば列車

人麻呂も額田王も乗つてゐるまほろば列車君も乗り来る

三輪を過ぎ巻向あたりまぼろしの邪馬台国に途中下車する

畝傍山、耳成山は青く澄むいにしへびとの愛憎秘めて

夜のうちに確かに猪《しし》の通りたり田圃の雪のこのひづめ跡

野も山も雪積もりたり椋鳥は群がり寄りて白菜を喰ふ

三輪山の木立の下のけもの道ひづめの跡がくつきり残る

これはまさに昨夜のことぞゐのししのひづめの跡は斜面にくぼむ

山の辺の道の木下のぬた場には小さきひづめ跡、瓜坊だらう

ゐのししのひづめの跡に透明のうすら氷《ひ》が張るかがやきながら

納屋のつばめ

〈燕飛来〉去年の暦に記録ある三月二十日　今年も来るか

わが納屋に巣作り始めるつばめ二羽豆粒ほどの土をくはへる

梁の巣に朝はやくより親つばめエサ運び来る雨つぶ切りて

親つばめ飛び来るせつな口ひろげエサを求めるよつばめ子は五羽

はらからは巣立ちゆきたり巣の縁に飛び立てぬまま子つばめ一羽

梅雨明けて五羽の子つばめ巣立ちゆく　大和国中《くんなか》どこまでも青

子つばめは今朝巣立ちたり夕ぐれの梁に残れる巣の土乾く

梅雨空に小さく旋回するつばめ尾羽みじかく今年生まれよ

つばくらめ蒼天に消ゆくれなゐのつつじの花をついとかすめて

紅白につつじの咲ける昼下がりつばめは時のすき間をよぎる

若竹が高きにゆれて秀《ほ》が揺れてここまでおいでと子つばめを呼ぶ

血圧を測りてをれば朝光に二羽のつばめは鳴き交はし飛ぶ

空を切り雨を切り裂くつばくらめ俺の来し方しがらみの多々

烏天狗

どつかんと衝突音をたてて飛ぶわが身は烏天狗となりて
とりまきて輪禍とさわぐ声うすれ静寂のなかわが横たはる

右手首右足首複雑骨折全身打撲意識正常

ストレッチャー摩擦音たて走りゆくナースらの白き足も走りゆく

海老のごとく胎児のごとく身をまるめ麻酔注射にくらげとなりぬ

てきぱきと計測機器の端末をわれにつけたり手術スタッフ

真夜中のカーテン揺らすそよかぜよ部屋に入り来るナースにあらむ

ひるがへりひるがへりして飛ぶつばめここは三階外科病棟ぞ

後ろ髪すずめのしつぽに束ねたる看護師さんのにこにこ問診

ひまはりの高々と咲く真昼間を白き日傘のひと訪ひくれぬ

白い蓮

金剛山の緑深まり山鳩の子を呼ぶ声のしきり聞こえ来

声しぼり鳴く蟬聞けば軍歌にて送り出されしいちにん思ふ

大陸をはるかに進み行く軍靴ありありとして夏の真昼間

くわうくわうと青田を照らす月光は歩哨に立てる父とらへけむ

兵の日を父は語りき捕虜とせし少年の縄解きし夜のこと

かの国は文字のみなもと〈父母有〉の少年の文字に縄解きし父

月光の荒野の果てを逃げて行く捕虜少年の足裏《あなうら》思ふ

杖つきて氏神さまへ参りたり最晩年の父は日課に

花の散る境内に行きひとりゐる父を見てゐし日がわれにあり

逝きてより三十五年父の歳早やも越えしよ冴ゆる銀漢

山の水引ける蓮田を明るませ白くひらけり蓮の花一つ

稲穂の孕み

それぞれに水の玉もつ稲の先あさの光に水玉もあを

向日葵は朝陽を受けてすでに金今日の猛暑をはやばや告げて

今朝生《あ》れし蟬も混じりて鳴きゐるか庭の五つの殼は飴いろ

油蟬ここにゐるぞと張り上ぐるこゑよ真昼の桂の幹に

一人居の昼のビールのこの奢りチャーシュー多めのラーメンがあて

手にのせて稲穂の孕み確かむる　三十六度の暑さかまはず

風は凪ぎぢりりりぢりりりと照るなかを逃げ水逃げる逃がしておかう

はるかなるシルクロードの絵にも似て陽炎の立つ高野街道

カナカナの鳴き声も乗せ夕ぐれの杉の林を分けて来る風

陽が入りて風湧く時分りんりんと棚田の稲は緑ふかめむ

村祭り

椪の実のほのかににほふ境内に祭りの準備の村びとあまた

夕闇に山かげ黒く鎮もりてすすき提灯ゆらゆら進む

先頭のすすき提灯ゆらめきて垣内《かいと》の人ら氏神の顔

わが村の新嘗祭に七人の子どもら踊る「ふるさと音頭」

宮庭の提灯明かりほの揺れて村人の顔みな若くせり

祭り終へ村びと去りしみやしろの外灯一つまばたきてをり

寒満月

てらてらと落葉の舞へる夕ぐれを野うさぎ出でて岩から跳べり

ほの暗き杉の木下のけものの道行けばぬかるむけもののぬた場

野うさぎの一族眠る山のうへ寒満月の無言のひかり

凍て星のひかりゆらめく午前二時野道を行くはもののけ姫か

霜柱踏みしめ行きし足あとの凹み照らして朝陽射しくる

雪畑にみどりの頭うつくしき水菜、白菜を鳥らついばむ

金剛山《こんごせ》をにびいろの雲下りきて粉雪の降る節分の村

六すぢの飛行機雲もあかねいろ山の向かうは関西空港

電気柵めぐる田畑を迂回してゐのしし行けり敵も然るもの

今朝みれば里芋食ひしよひづめ跡電気柵オフのままなる昨夜

夜半すぎて刈田を歩むゐのししを雲間の月はほのかに照らす

さらりさらり降り来る雪はひつぢ田のひづめの跡を大事に隠す

春の子狐

がうがうと峠へのぼるダンプカー一言主神《ひとことぬし》も見上げてゐるや

さみどりのふきのたう笑む雪解けの山水よどむ曲《わだ》のつつみに

れんげ田に遊べる子らはあご上げてひばりの声を天に探せり

暮れなづむ春野を帰る子狐ら胸にかかへよれんげ、たんぽぽ

麦の穂のさやさやさやぐ昼さがり赤、青、黒のランドセル帰る

飛沫あび祈りの滝の水汲めば子らの歓声透明となる

水たまり傘で突きつつ靴濡らす学校帰りの道草の子ら

下校する子の集団を離れきてわが集落へ至るは一人

第二章　金剛葛城山麓日誌

四月

うらうらと春の陽ざしに誘はれてたんぽぽの絮そらに発ち行く

たんぽぽを囲みて踊る一群は花かんむりの姫踊り子草

着飾つて花のかんざし揺らしゐる姫踊り子草の春初舞台

放置田はここにもありてたんぽぽと菜の花の黄の天真爛漫

筒花のホトケノザひそと咲く陰に天道虫のひそひそ話

たんぽぽのあふれ咲きゐる休耕田トラクター畝《うな》ふ小石も打ちて

花咲けば昨年《こぞ》に来たりしつばくらの今年いまだも姿を見せぬ

桜樹は花をかざしてゐるばかり燕来たらず納屋開け待つに

子ら離れ大鍋に炊くこともなく二人で食べるレトルトカレー

五月

トラクターに乗りて見てをり葛城の山頂近く取材ヘリ飛ぶ

放置田の多きわが里元気なる水張田五枚が月を映しぬ

なす、きうり、とまとを植ゑぬ腰のばし水越峠《みづこしたうげ》に落つる陽送る

土手道にひとつ輝く草いちごわが物とせり鳥来るまへに

ひしめくはかぼちゃの双葉その陰にりんりんといま雨蛙鳴く

金剛山《こんごせ》へ朝霧のぼりむらさきの一叢の藤在《あ》り処《か》をかたる

豆ごはん香りふつくら炊き上がり今日は籾播きみんな集まれ

羊歯の葉を揺らし吹きくる谷風に憩へばいつかわれもさみどり

尾根筋の木々がみどりに萌えたてば身若き竜の棲むかと思ふ

六　月

棚田には満つる山水山の影くづして進むわがトラクター

代かきを終へしトラクター水たれて轍くつきり納屋へとつづく

昨日塗りし畦くちやくちやとこはしゆく土竜よそれは俺の作品

暮れなづみ金剛山映す水張り田に蛙は歌ふあめ、あめ、ふれ、ふれ

田植機はチャプチャプチャプと水張り田の金剛山ゆらし苗を植ゑゆく

カブトエビ十数匹が集まりて上に乗るあり交尾するあり

早苗田にポツリポツリと雨の来てかへるの雨乞ひ乗数で鳴く

わが在り処ここに候ふかへるらはリズムを変へて田ごとに歌ふ

田の神にあとは委ねて座布団にうたた寝しをりさなぶりの昼

ほうたるは早苗の上をさまよへり俺はふんはりさなぶりの酒

植ゑし田に水越川《みづこしがは》の水引けばほうたる光り飛び来る今宵

夕ぐれの山影映ゆる水張田は蛙王国よ歓喜をうたふ

七月

カブトエビ、ホウネンエビの生まれ出で吉兆風は早苗撫でゆく

村里に灯を点すごとぽつぽつと萱草《くわんざう》は咲くみどりのなかに

若葉陰しとどに濡るる雨蛙歌袋しぼみしづかになりぬ

となり田に草刈る爺は藪萱草のあかく花咲く一群残す

葉のかげの瓢箪ふたつ肩よせてまどろみてをり蟬声しきり

つぎつぎと孑孑《ぼうふら》は浮きはた沈み生命《いのち》かしましつくばひの中

あぢさゐの葉をのぼりゆくカタツムリ往古の螺旋今に背負ひて

けもの道分けて入り来て梅雨わらび一束採りぬ一束のあを

枇杷の実のあまたこぼるる山の畑キジのつがひは巣籠りするか

八月

まつしろにハスの花びらひらきゆく　猛暑予報の今日の始まり

木の下の藍いろふかきツユクサの花のいのちは朝十時まで

死者のこゑ、生者のこゑがこもごもに白雲となる終戦記念日

沈みゆく陽がしばらくは草の上のオンブバッタのつがひを照らす

しづかなる檜ばやしにカナカナが夕べの風を呼びて啼くなり

桃の実のうすくれなゐの皮をむく妻の小さき手乙女を残す

すんすんと稲穂出始め蜻蛉舞ふ弥生時代もこのやうですか

日輪の燃ゆる真昼を地に落ちし蟬に群がる蟻の漆黒

油照る棚田の畦を行きゆきて山水を引く雲湧ける下

白馬の絵馬を掲げていにしへの村人たちは雨乞ひしけむ

九月

黄のアゲハ颪にあふられよたよたとためらひてをりオクラ畑に

日盛りの草むらにキリギリス鳴き稲穂が出たぞ秋はもうすぐ

処暑を過ぎ稲田の上をあきあかねにはかに群れぬ豊作告げて

放置田のエノコログサの穂がゆれて閻魔蟋蟀くろき顔出す

日輪の吼える天下も終はりみせ今日は鳴き出すツクツクボウシ

朝光に赤く燃え立つ曼珠沙華ひとつひとつの蕊に露持つ

災害の多き今年も曼珠沙華かく燃え立てり野仏の辺を

十津川の災害救援ヘリコプター颪の森越え南へ向かふ

稲穂垂れ彼岸花咲くそのほとりこほろぎ眠る歌ひ尽くして

水越の峠を越えて行きし人いまだ帰らず彼岸花の赤

あけいろにひあふぎ一つ咲きにけり軒の風鈴ほろんと鳴りて

放置田の荒草叩く雨止みてこほろぎ歌ふあめつちの歌

十月

かつらぎの高天原の広がりに稲穂色づく神鎮まりて

天ちかき高天原の乙女らが領巾《ひれ》振るさまに赤蜻蛉舞ふ

夏野菜終へし畑に冬野菜の種を蒔かむよ鍬よ歌へよ

長男がフィアンセつれて帰りきぬ稲穂が金にかがやける日に

軒先の月下美人は半月のひかりのなかに燃えはじめたり

人がみな眠る夜更けのしづけさに身をひらきそむ月下美人は

一夜花楊貴妃のやうはなやぎぬ月下美人は朝までの間を

田の中に颪の道あり竜行きしごとくに稲は倒れ伏したり

コンバインの稲刈り進む音高くわれを呼ぶ妻の声は届かず

わが里は祝祭日が農繁期コンバインの音ひびきわたれり

サクラタデかすかに揺れをり花の穂に小さきカマキリ小さき鎌研ぎ

刈り終へし稲田の畦をたどり来て落ち穂を拾ふ妣《はは》のごとくに

十一月

われはいま火ともし男刈り終へし棚田の藁に火をつけてゆく

藁燃やす煙は匂ひ乗せたままうづまきながら刈り田であそぶ

刈りあとの稲藁燃やす白けむりわれを隠せり妻を隠せり

黒々と藁は燃え跡広げゆき眠りさそへり宇迦御魂《うかのみたま》の

田じまひの火が燎原の火となれば火中《ほなか》に聞こゆ亡き皇子の声

稲株のひこばえ青く萌えたちぬすぐ来る冬に枯れゆく定め

夕さりて野菊の花の二つ三つ埋み火のごと物語する

口をあけ高きに鳥を待つアケビ至福の時間山にながれて

つはぶきの照葉の上をかたつむりぽつちり這へり冬に向かひて

十二月

野終《のじま》ひのま白き煙ゆるやかに棚田下りて今日より師走

夕ぐるる秋の山里野末にて枯草燃やす農夫は父か

もこもこと土盛りあがるもぐら塚大根持ちて畦道行けば

かきこきと柿食ふ客は語りたり人麻呂柿は万葉の味

限界の集落ならむあかあかと関屋の村は柿の実熟れて

夕風に美男かづらは揺れてをりそれぞれの実がをとこをきそひ

夜半過ぎて霙が雪に変はりたりむささび親子は丸く眠るか

もちの木の赤実ついばむヒヨ三羽少し残せよ　すべて食ひたり

障子紙張り替へてゐるわれの背にあたたかく差す午後のひかりよ

一月

南天の実を喰ひつくすヒヨドリよもう日は暮れる時雨もくるぞ

南中にオリオン座冴えこの夜も父祖の田畑に霜降り立たむ

田や畑をおほひつくして降る雪はをみなひとりを白く隠すよ

裏庭に雪はつもりて蠟梅の花灯りたり雪見酒せむ

わが家にも嫁が来るぞと言ひふらす群がりてくるふくら雀に

南天の珠実に群れる小雀ら朝陽のなかでひかりとまがふ

雪かづく大峰山を発ちし陽の光およべりこのひつぢ田に

雲間よりさしくるひかり山茶花の雪の帽子を脱がし始めぬ

陽のあたるここは天国まどろめばほのほの笑まふ山茶花の紅

二月

しんしんと雪降り積めど田や畑の地下温《ぬく》からむなあもぐらどん

山畑の柿のはだか木その幹に枝に冬の陽白し吐田郷《はんだがう》

放置田の畦の水仙ひとむらを金剛颪は揉みて過ぎゆく

朝霜の照る放置田にけもの道一すぢ走るしんかんとして

隣田に〈売地〉の幟はためきて三月《みつき》たちたり買ふ人も無し

格安で売りに出されしこの農地先祖も許さむ後継者無く

一軒は町へ出て行き十八軒　五軒の家は一人の暮らし

らふばいの金いろ透けるその上に白い半月今日は立春

山茶花の紅に雪降るこの夕べ白き狐は野をさまよふか

稚児の撒く豆二粒が飛び込めり一陽来復わがポケットに

あかあかとお焚き上げの火燃え上がり祝詞のこゑは一言主神《ひとことぬし》や

らうらうと祝詞のこゑは御火炬《みひたき》の炎のなかに入りてゆきたり

夕ぐれて一言主神社《いちごんさん》の前池の鳰の家族ら影となりゆく

杉落ち葉踏みしだかれて続く道まだ見ぬぬた場に通じてゐるや

三月

ひなの日の土手に芽生えしつくしんぼ一寸あまりに淡雪ひかる

仏の座、天人唐草咲きそろひ稲株ほとびて春耕を待つ

梅の花みちて明るむ下の田に行き戻りする赤トラクター

ばうばくと畦に咲きたるまんさくは今年の米の豊作告ぐる

ケリケリと鳥鳴き飛べりその向かう大和三山黄砂にかすむ

雪とけて踊り子草の咲きはじむもぐら出で来よ眼鏡をかけて

朝焼けの大和青垣静まりて修二会の行の始まりを聞く

卒業の式終へ帰る村の子らの自転車が生む春の軽風

かすかなる鼓動もあらむいつせいに樹液上げゆく弥生の山は

葛城の山の斜面の木々なべて春待つ色におのれ変へゆく

第三章　二合半

犬のやまと

さわらびを一本見つけ指させど町に育ちし友には見えず

しづしづと花びら冷えてふりかかる静の歌碑はひとりしづかに

しづやしづ歌碑に花びら舞ひてをり烏帽子姿の静も舞ふや

埋葬の犬見るやうに苗木植ゑき二十年経ち仰ぐ桜花

六歳の子どもの帰りを待ちゐしは犬のやまとよ父母は残業

山くだるわれを見送る山ざくら花片一つ肩にいただく

空見上げ「北行く雲は雨呼ぶぞ」村人言へり花見の宴に

一言主神社

つつじ咲く赤き斜面を放映す葛城山の五月のたより

ゆらゆらとつつじ見むとてゆらゆらとケーブルカーに仔犬も乗りぬ

葛城の山頂の宿に目覚むればつつじは赤く窓を打ちたり

やはらかに大和三山青みつつ靄に浮かびぬ海の無きくに

ゆうらりと鎌首起こすまむし草梅の古木の陰にひそめり

氏神の一言主神社《いちごんさん》の大銀杏翡翠若葉をきみのブローチに

射干の花の千の真白に囲まれて地蔵はおはすものみな忘じ

万緑の山よりたかく桐の花高々と咲く草生に見れば

雨がへる草より突如鳴き出でて雨くるさまを誇らかに告ぐ

二合半

道ばたにひとつ落ちゐるざくろの花ひとりぼつちの梅雨の晴れ間よ

ころりころり道をころげて梅の実は一人あそびす人無き村に

樋つたふ雨音を聞く晩酌は二合半《こなから》がよろし梅雨寒の夜

今年竹若きしなりに葉をひろげ浮雲ひとつ北へ流るる

筒花のなかの秘密よ山かげに蛍袋はひとり咲きゐて

夕せまるわが家に届く音花火多太《おひだ》神社の祭りの予告

遠花火まるくまあるく光りたりせつな畝傍《うねび》山のシルエットたつ

合歓の花ふうはり咲ける昼下がりカジカの声は花に入りゆく

梅雨の候一筆啓上くちなしの香りは雨に消されてゐます

ずんずんと木賊《とくさ》はしげりあを深くジュラ紀のままに今を生きをり

東吉野

伊勢道の高見の里はせせらぎにカジカの鳴きて川開き待つ

日盛りの峠の家の石垣に山百合白く旅人を待つ

過疎進む東吉野にくわくしやくと九十翁はひとりで棲めり

高見川鮎一匹がしろがねにひかり跳ねたり　念仏のこゑ

九十翁「生きて帰れて幸せ」とインパール作戦多く語らず

ちちろちちろろ

風鈴のちちろちちろろ　職退きし午睡の夢は職場トラブル

時かけて昨夜羽化せし蟬なるか台風余波の雨なかに鳴く

しっかりと爪立ててゐるそのままに蟬の抜け殻葉裏に憩ふ

猛暑日をものともせずに万の蟬鳴き声高しいのちきはめて

たわいなき妻とのいさかひ夕さればカナカナの声満山に湧く

放置田にすすき穂ゆれてチチロ鳴く野道をぽつり狐帰り来

うまうまと食べてほしいといちじくは実を開くかな夕の陽のなか

裏庭にひつそり閑としづまりて斑点黒くほととぎす咲く

木犀は運動会のにほひなりおさげの君の笑顔うかびく

山に入る行者の杖の音絶えて峰をますぐに月光は射す

茶畑の爪先上がりのその先にコスモスありて安万侶眠る

掛け大根

鼓の音、笛の音ひびく御歳山《みとせやま》　役行者《えんのぎやうじや》も聞きてかをらむ

みやしろに奉納能の〈葛城〉のシテの髪かざりしづりと揺るる

軒先は長者のごとし掛け大根、瓢簞、玉ねぎ、柿吊されて

かやの実のかをり懐かし両の手にもちきれぬまで拾ひゐるなり

ほつほつと韮の花咲く土手の道辛き思ひ出捨てて帰らむ

産土の一言主神社《いちごんさん》の石段は椋の落ち実置くおのもおのもに

秋の陽は水越峠《みづこしたうげ》に沈みゆく梢の柿の実はつか照らして

あみを張りぢつと待ちゐる女郎蜘蛛の背中をぬらす晩秋の雨

巣を作り卵を守る女郎蜘蛛　家を守りし亡き人のごと

夕暮れも田に働きし母思ふ「おかえり」と待ちくれしことなし

錫杖の音

もみぢ着て夕陽に浮かぶ畝傍山額田王たたずむやうに

定年ののちの気ままさ小春日はメタボの体八キロ歩く

大峯の頂を発つ日輪にたちまちにして葛城明ける

金剛山《こんごせ》に初雪つもるこのあした行者の突き行く錫杖の音

水平に雪は走れり夜明け前夜明けて後も窓震はせて

金剛山をしづめて清き雪積もり村々の屋根朝を迎へぬ

朝陽受け雪をまとへる金剛山の嶺わたり来る高御産巣日神《たかみむすひのかみ》

〈こちら御所《ごせ》に大雪降った〉とメール打つ〈奈良町雪ない〉返事すぐ来る

水鉢の氷ゆるみて水底に金魚の尾びれはゆらりと赤し

つらなす小さき滝の玉水を両手に受けて幼にかへる

大・小

さくさくと雪を踏みしめさくさくと一番乗りのわが初詣

葛城の水分《みくまり》神社までの雪の道人、犬、ひづめの跡が続けり

雪の上のひづめの跡は山へ向く下《しも》へ向くあり大・小のあり

あをあをと降り積む雪に魔物ゐて鋭き刃深く宿せり

山水の小さき滝は凍りゆきぽたりぽうたり地球の雫

喧噪の一日《ひとひ》を終へて凍て道を戻る頭上にオリオン青し

仰ぎ見るオリオン星座横切りて東へ向かふ光の点滅

柴刈りの山に見つけし冬いちご赤くひかりぬひかりを食ひぬ

風の森峠越え来る車みなかんむりのごと雪を載せ来る

金剛の峰に雪積むこのあした花芽をかかぐもくれん高く

黄のちから

家族らの年を数へて豆包み今年も供ふ産土神に

雪かづき梅の花芽は寒からむ節分の夜の外灯のもと

いつ見ても杉の古木の洞深し黄泉へ続くと亡き父言ひき

高天彦《たかまひこ》のふるき社の狛犬は雪と遊べり「あそぼう」のこゑ

山つばき冬陽の照らす葉のなかの花芽はかたし如月に入る

山茶花の花びらを置く雪の道ながぐつの跡いぬの足跡

らふばいの黄に咲き初むる枝先に逆さに止まる花喰鳥は

陽を受けてうつむきに咲くらふばいの黄にちからあり静かなれども

妣のたより

ふくらめる梅のつぼみと待ちてをり来るはずもない妣《はは》のたよりを

紅梅の一輪ひらくさう言へば修二会の僧のおこもりの頃

ほつこりと一輪咲ける福寿草黄色い夢を見てゐるやうに

吹きすさぶ昨夜の雨に目覚めたる庭の白梅一輪二輪

やはらかき弥生の雨は降り止みて草木を起こす一陣の風

霞立つ大和盆地に秀を見せて畝傍の山の小さき孤高

梅の香にさそはれ出でて畦道に立ち話する退職同期

春の眠りむさぼる朝の窓を打ち止むときもなしひばりの声は

ぢつと待つ

産土の宮居の桜あはく咲き妻と見上げぬ結婚記念日

白蓮の咲きあふるる日乳癌の宣告を聞く妻と出で来て

ちちふさは女のいのちと言ひし妻けふ右の胸そこに刃を受く

手術室待合室にわれ一人ぢつと待ちをり四時間ぢつと

手術終へＩＣＵにはひる妻酸素マスクをかぶる眠りよ

麻酔より醒めゆくきはの妻の顔白き額にわれは手を置く

乳房よりいのちは大事さりながらこの現実をいかに受けとめむ

手術終へし妻を残して戻り来れば紅つつじ燃ゆわが家の庭に

白南風《しらはえ》にまろく転がる梅の実を拾ひ来て見す術後の妻に

第四章　鴨のゐる風景

花の章

せせらぎの土手に笑まふよフキノトウ　二月一日古稀を迎へぬ

村はづれ里道行けばペンペンと撥持て鳴らす花の一群

午後の陽を高くいただくタンポポの黄の色まぶし父を思へり

どうしても伝へたき事あると言ふタネツケバナのつぶやきも聴く

うす紅に唇弁開くホトケノザゆうらりゆらり春の奈落よ

枯草にからみて上がるつる草のカラスノエンドウあな花真白

霜枯れの野にしんじゅんと萌え出づるヨモギの青葉母なる青葉

石段の隙間にびつしりスミレ咲き帰る人無く山里の家

野末にてホタルカズラはるりいろの花ともしつつ出番を待てり

早苗田

まほろばの茜映して葛城の棚田の朝はかく明けゆくよ

雲の上の峠に湧ける清水引きここの棚田の早苗はそよぐ

植付けの泥を沈めて澄む水にいのち次々生まるる五月

早苗田の泥の中よりカブトエビはジュラ紀の姿今に現す

早苗田にざくろの花の映る昼早苗饗《さなぶり》告げ来る村びと老いぬ

カブトエビ、タニシ、蛙にアメンボら命ににぎにぎ今日は早苗饗

山青く谷水清き葛城に歳重ねるは幸か不運か

早苗田の上を飛び交ふツバクラメ律儀にいつも礼服を着て

あを深く二峰映す水田に産土神はとろりと眠る

夕せまり蛙の舞台は始まりぬアルトの声にバスも交へて

金剛山《こんごせ》の影を映せる早苗田に蛙は歌ふもう日が暮れる

夜更けて蛙も人も眠りゆきフクロウの声棚田を渡る

リストバンド

病院の窓より見ゆる紫陽花があをを帯びゆく五月尽日

ゆるゆると身の内側をさぐりゆく内視鏡よわが心底見るな

わが内に発生したる霧ありて癌と告げらる若き医師より

たんたんと膀胱癌とわれに告げ五日後の手術医師は手配す

いつのまにか春はゆきたり来る盛夏しかと迎へむ病を越えて

入院の荷物まとめてしばらくは早苗田たのむと妻に言ひたり

荷物持ちタクシーに乗る行き先は市民病院　小さき旅ぞ

看護師は明るく迎へ入院のわれに付けたりリストバンドを

病院の住人となる証明はリストバンドのこのバーコード

真夜中にナースコールのボタン押す美形のナース早く来よかし

退院の許可をいただく紫陽花は藍深めたる六月十日

戻り来しわれを迎ふる裏庭の枇杷の黄いろのなんと明るし

草丈高し

蟬声のなかの眠りの夢を撃ち光走りて雷鳴到る

金剛の山を越え来る黒雲は雨たぎらせて容赦のあらぬ

たちまちに一村襲ふ夕立に大和国中《くんなか》も杳として消ゆ

谷すぢを霧上がりゆき天空を白き雲ゆく寧楽《なら》を目指して

雨止みて晩夏の日差しは樫の葉を強く照らして蝉を鳴かしむ

里道に鎖引きずる小太郎よ家出をせしかその細足に

ジャラジャラと鎖の音をひびかせてわが後を来る犬の小太郎

草刈りのエンジン止めぬ振動は病む身にひびくぞ草丈高し

霧あがり尾根道見ゆるそのなだり行者は行くよ白く小さく

寝釈迦

香具山のすそにめぐれる集落の甍光れり人住む光

耳成《みみなし》の円錐形の山に入り埴色道を三周り上る

まほろばの大和の西に連なれる青き山並み寝釈迦を見たり

はるかなる眼下の三山隠すがに老人ホームの建設すすむ

水越の峠に沈む秋の陽のなかに呆たり訃報にふれて

三山はいにしへのまま五十年ともにあり経し友逝きし日も

抜きん出て咲く真紅なる彼岸花ちちははの血ぞはらからの血ぞ

昨夜荒れし志那都比古神《しなつひこのかみ》しづまりて棚田の稲穂になにごともなし

子どもみこしすでに途絶えて秋の日を山里老いぬまこと静かに

山鳩の声

鄙の家の梅の古木に宿りたる猿の腰掛歳月はるか

山鳩の声しみじみと聴いてをり宮柊二先生を思ひて

すず竹を削りて箸を作りたり山の気ひしとひそむ山男

庭の木に吊るす風蘭その細葉つやつやとして秋の日暮るる

しぐれ来る前の静謐里芋のわくら葉に触れ軽風来たる

枯草の中にうち伏す吾亦紅掬ひ起こして今日を在るわれ

大根と白菜積める一輪車のきしみ残して行く人ゐたり

くたびれて帰り来しとき木蓮の枯葉舞ひたつわれをめぐりて

小春日の雨戸開ければ亀虫のあまた出で来ていのちさやげり

昼下がり厨の卓にぽつねんとりんごが一つひかりをまとふ

刻々と赤い秒針進みゆく白き空間狭めゆきつつ

感情のおもむくままに生きむとしつひになしえず陽は傾きて

緑色の夢

杉落葉踏みしめ登り行くほどにオオルリ鳴けり壺坂の道

石垣のあはひに生くる一株のミヤマシキミの照葉のあを

つややかに赤き珠実の輝けるミヤマシキミに触れて道行く

赤岩を穿ち広げし登城道急ぐ藩士の草鞋を思ふ

見はるかす大和国中《やまとくんなか》日の射して高取城址は時雨のけはひ

こもれ日の光集めて青々と羊歯の葉茂るいにしへもかく

幼木は尺余の鳥総《とぶさ》切り株の朽ちたる上に寒風あびて

山帰来の実赤きことを人知るや蔓は枯れたり人に知られず

かみなりに枝《うれ》を撃たれし杉の木は円空刻みし仏像に似る

なだりには風倒木のあまた朽ち山も病むなり人界に似て

石垣の崩れし土手の楢の木の梢に育つ宿り木明かり

をちこちに朽ちし木株を被ふ苔大手門跡かく静かなる

そのかみは天守にありし屋根瓦落葉のなかに威儀とどむるも

吉野なる連山遠く望む道かの皇子のこゑするかと思ふ

冬枯れのなかの屹立君も見よいざみの山の青きその秀を

青かすむいざみの山の山すそに叔父叔母二人今も吾を待つ

わが妻の育ちし町の街道の坂ゆるやかに城へと続く

観覚寺《くわがくじ》、下土佐過ぎれば下子島《しもこしま》柿の実熟るるよ君の生家は

あの角を曲がれば右に信楽寺《しんげうじ》お里、沢市二人が眠る

沢市とお里のやうにこゑ交はす鳥のゐる村妻の生《あ》れし地

壺阪のだいくわんおんを見上げたり大悲の眼差し小心のわれ

あへぎつつ登り来たりて壺阪の五百の羅漢に父を探せり

目も鼻もなくなりここに苔まとふ五百羅漢の緑色の夢

幕末の天誅組の乱のことしばし読みつぐ高取町史に

木守柿

参道の満天星《どうだんつつじ》もみぢ冴ゆ赤き帽子のひとり来たれり

奈良の金剛山麓には高天彦神社があり、ここの一帯は高天原伝承地。

高天彦《たかまひこ》神社の杉の秀の高く高皇産霊神《たかみむすひのかみ》憩ふ昼

狛犬よ苔の衣を厚く着て冬支度せよ木枯らしの来る

直会《なほらひ》はただ今佳境小春日に杉の大樹の幹あたたかく

杉木立の参道ゆけばひしひしと神霊はしる極月の昼

黄泉に入る道のぞかせて参道の杉の古木の深きその洞

み社の前を流るる山水を用水とせり高天の村は

み社を修理せむとぞ覆ひたるブルーシートを落ち葉が滑る

人去りて斎庭の隅に千両の紅き実おぼろ里は暮るるよ

夕暮るる高天の里の木守柿木守りのこころ点して赤し

冬苺

湧き出でて沢下りくる山水に語りかけをり冬の苺は

冬苺実のくれなゐの深きかな杉の落ち葉に半ば埋もれて

真白なる大根、　白菜置かれゐて師走の陽届く留守がちの家

おとうとは病む身の手術するといふ知らせを聞けり椿さく庭

いつの間にか過疎となりたるわが村の宝なりし田霜に被はる

朝夕に見上ぐる山の杉の木のそのあを深しもみぢのなかに

宮居には公孫樹が黄の葉敷きつめて一言主神《ひとことぬし》はただいまは留守

戸袋にひそむ亀虫そろり出てしばらく憩へ小春日和に

見上ぐれば杉の梢のその上を流るる雲の白き孤独よ

葉の落ちし公孫樹こずゑは鋭《と》し高しひと日の暮れの樹肌むきだし

ふたご座に生まれし星が流れゆく過疎なる村の冬の夜空を

産湯の井

白梅のにほふばかりの寺の庭雀ら遊ぶ訪ふ人もなく

吉祥草寺は役小角誕生の地と伝えられる。

葛城の吉祥草寺《きつしやうさうじ》のやぶ椿井筒囲むよ花色深く

のぞき見る役小角《えんのをづぬ》の産湯の井清水湧き出づいにしへのまま

金剛山《こんごせ》の峰に湧く雲呼び寄せて小角は勇み乗りて行きしか

真昼間の椋の大樹のその上を小角は行けり白き装束に

鐘楼の鐘は静まり人けなき庭を横切る黒猫二匹

茅原《ちはら》なる御堂の前のきざはしに猫は戯る春の陽浴びて

畦道につくしを摘める子らの声 役優婆塞《えんのうばそく》も聞きゐるごとし

うぐひすはどこかにをりて寺庭の白砂少しくおびる湿り気

あをはたの葛城山に響きたり法螺貝の音錫杖の音

行者らの峰入りの声わたり行く　さーんげ、懺悔、六根清浄

鴨のゐる風景

ひろやかに大和国原明けゆきてわれに親しき二上山《ふたかみ》、初瀬山《はつせ》

池の面が映す二上山その影を崩して進む鴨三羽五羽

裸木の小枝にすがる山繭を芽起こしの風揺りて過ぎゆく

冬枯れのくぬぎ林に山茱萸は黄を灯すかないのちのその黄

鳴く鴨を今日のみと見て逝きし人ありしよわが立つここ国原に

ひとり行く二上山の登山道落ちゐる椿の紅惜しまるる

岩つたふ湧き水清く細流は椿の紅も運びゆきたり

朱鳥《あかみとり》元年天皇崩御していちにんの皇子に迫る粛清

捕縛されその日の夕に宣告を受けしよすなはち阿修羅となるか

寡黙なる者を慰撫するやうに湧く水の瀬音のやさしき調べ

ことのほか文にも武にもすぐれけむひそかに懼《おそ》るる人のありしは

同胞《はらから》をあやめてまでも権力に執する習ひ　夕陽が赤し

二上山に陽は沈みたり年齢は二十四といふ　たつた二十四

逝きたまふ男慕ひて自らの喉を突きけむ白きその手に

二上山を弟背《いろせ》と詠みし姉にしてつまびらかならずそののちの生

したしたと雫の音に目覚めたる皇子のたましひ『死者の書』語る

曼陀羅を織りたる姫の墓ありて菜の花あはれ黄泉の黄の色

ゆゑありて当麻の寺に曼陀羅を織りたる姫のものがたりあり

春浅き二上山に沈む陽の今際の赤き光芒一閃

二上山の雄岳に雌岳寄り添ひて大和国原陽はかげりゆく

やはらかに柳のみどり萌え始めわがひとり立つ古墳公園

山麓の染野《しめ》の石室その中に霰降り込み暮れてゆく里

鳥谷口《とりたにぐち》古墳に酒を供へつつこゑかけてみる「ともあれ呑もう」

学術上、鳥谷口古墳が大津皇子の墓とされる

雨上がる当麻《たいま》の里の隠り沼鴨の家族は呼びあふらしき

第五章　拾　遺

（一九七一年〜一九七四年）

夜学

勤め終へ夜学にむかふ友とわれ期末試験の迫るをかたる

学び舎の池面に映るその明かり疾風に乱れ授業終りぬ

学ぶ夜の近畿大学教室の光あかるし雨降る今宵も

校庭の小楢の裸木に雨打つが教室の灯に照らされて見ゆ

くきやかに夜の学校映しゐる池面を走るアメンボのあり

学舎の池に棲みゐるアメンボの雨降るごとく走りゆきたり

一人去り二人は長く休みたり忙事《ばうじ》の友の退学を聞く

四年間夜学に通ひし友の数三割となりぬ卒業の日は

父となる

鴨都波《かもつば》のみ社に咲くやまざくら今日結ばれし我らのために

ガソリンも灯油も足らぬこの師走新婚我らに試練とならむ

自転車に灯油の空缶乗せて来て街のはづれにやつと求めぬ

コスモスは雫してをり朝霧の静かに晴れし官舎の小庭

コスモスの明るき花のなかにして妻告ぐるなり懐妊せしと

生まれ来る子の性別にかかはらずすこやけき命我は願ひぬ

産み月の迫れる妻の歩みゆき黄金に輝く菜の花一群

来月は父となるべし静かなる宿直の夜の刻はすぎゆく

わが姿ふり返りみる時もなく二か月を経ぬ子の生まれ来て

長梅雨の早く明けよとひたすらに願ひてをりぬ父となりてより

小さき手を固くにぎれるみどり児を湯あみさせをりはつなつの夕

あとがき

本集は私の第一歌集で二〇一〇年から二〇二〇年までの作品を収めています。また「拾遺」については、一九七一年から一九七四年の若い頃の十九首を収め、合わせて四九九首を章立てにしてまとめました。

歌集名の「金剛葛城山麓日誌」は、父祖からの田で米作りをしている奈良県南西部の金剛・葛城山麓の地を記念してのものです。家は大和三山を望める高台にあり、めぐりはゆるやかな棚田です。土とじかに触れ、また、そこに棲む鳥や山の獣、そして小さな虫たちの〈自然ファミリー〉からも、歌を作る活力をもらっています。

県立高校を卒業後、私は国家公務員になり、国立奈良工業高等専門学校の事務職員として定年まで勤めました。短歌については一九七〇年頃、コスモス奈良支部長の今は亡き藤重静子氏の勧めでコスモス短歌会に入り、二十代の約四年間お世話になりました。その折、神戸にお住まいの宮里信輝氏と短歌を通じての交流の機会をいただきました。その後事情により、短歌からは離れることになりましたが、定年後、宮里信輝氏からのお誘いにより、二〇一〇年に再入会、二〇一三年にはコスモスの第十回純黄賞をいただきました。

集中の歌の表記については歴史的仮名遣いを用いましたが、カッコ内とカタカナ部分のみ、原則として現代仮名遣いに拠っています。

歌集の作成にあたりましては、宮里信輝氏に選歌をお願いし、大変お忙しいなか、選歌を通じて懇切なアドバイスをいただきました。また、帯文は小島ゆかり氏に、装画はひがしはまね氏にお願いをいたしました。ともに記してお礼申し上げます。また、いつも励ましてくださる「コスモス」の諸先輩方、友人の皆様、「灯船」の皆様にこころより感謝申し上げます。

出版にあたりましては、本阿弥書店の奥田洋子氏、佐藤碧氏にお世話になりました。ありがとうございました。

二〇二〇年十一月

米田郁夫

著者略歴

米田郁夫（こめだ　いくお）

1947（昭和22）年　奈良県御所市に生まれる
1965（昭和40）年　国立奈良工業高等専門学校事務員として奉職
1973（昭和48）年　近畿大学法学部（夜間）卒業
2009（平成21）年　奈良工業高等専門学校　退職
2010（平成22）年　コスモス短歌会入会
2013（平成25）年　コスモス短歌会純黄賞受賞
2015（平成27）年　結社内同人誌「灯船」に参加

コスモス叢書第一一八八篇

歌集　金剛葛城山麓日誌《こんごうかつらぎさんろくにっし》

令和三年一月十八日　初版発行

著　者　米田　郁夫
〒六三九—二三二七
奈良県御所市増四〇四—二

発行者　奥田　洋子
発行所　本阿弥《ほんあみ》書店
〒一〇一—〇〇六四
東京都千代田区神田猿楽町二—一—八　三恵ビル
電　話　〇三（三二九四）七〇六八（代）
振　替　〇〇一〇〇—五—一六四四三〇
印刷製本　日本ハイコム株式会社
定　価　本体二七〇〇円（税別）

ISBN978-4-7768-1525-9　C0092（3241）　Printed in Japan